# ミュージカル『刀剣乱舞』

## 阿津賀志山異聞

脚本 御笠ノ忠次

原案「刀剣乱舞-ONLINE-」より
(DMM GAMES/Nitroplus)

集英社

## 【第1場】

三日月宗近がいる。
手には蓮の花。

♪M1　華のうてな

三日月宗近

しく　しく（頻く　頻く）……
くれ　くれ（呉れ　呉れ）……
しく　しく（頻く　頻く）……
くれ　くれ（呉れ　呉れ）……

纏う黒き衣《きぬ》
うたかたの役目
満ちては欠けてゆく
玉桂《たまかつら》

半座《はんざ》分かつ
華のうてな
誰《た》が為にそこにある
宿世《すくせ》分かつ為の
華のうてな

三日月宗近　…。

三日月宗近は蓮の花を見つめる。
その表情は一見、寂しそうにも見える。

遠くから合戦の声が聞こえてくる。

三日月宗近は遠くの衣川館を見つめ、去って行く。

文治五年（1189年）。奥州平泉、衣川館。

刀の鍔迫り合う音。
矢の飛び交う音。
断末魔の声。

傷だらけの源義経がやって来る。
反対方向から藤原泰衡がやって来る。

源義経　…泰衡殿。
藤原泰衡　…義経殿。

互いに見つめ合う。

源義経　ふふ…来い、泰衡！
藤原泰衡　…。
源義経　どうした泰衡！

雄叫びをあげ、義経に斬りかかる泰衡。
義経と泰衡は数合切り結ぶ。

義経は泰衡の刀を弾き返す。

源義経　どうした！　泰衡殿の覚悟はその程度か！

藤原泰衡　義経!!

斬りかかる泰衡。

義経が泰衡を吹っ飛ばす。

藤原泰衡　…。

源義経　…。

義経は刀を下ろし、微笑み、ただ頷く。

藤原泰衡　…！

深々と頭を下げ、去って行く泰衡。

源義経　…泰衡殿…さらばじゃ。

武蔵坊弁慶と平泉兵が戦いながらやって来る。

武蔵坊弁慶　ぬおうりゃあ！

数人の敵を吹き飛ばす弁慶。

義経と弁慶は連携して戦う。

五条大橋での出会いを彷彿とさせる戦いぶりの義経と弁慶。

平泉兵が退散する。

義経と弁慶が二人きりになる。

弁慶は義経の前で跪き、

武蔵坊弁慶　…我が君。

源義経　…戦は？

武蔵坊弁慶　終わりでございます。各々思いの限り戦をし、

源義経　ことごとく討ち死に致しました。
武蔵坊弁慶　…そうか。
源義経　は！

義経は微笑みを湛えて、

武蔵坊弁慶　もはやこれまで！　弁慶、時を稼いでくれ。館に火を放つ。
この首、泰衡殿には荷が重かろう。
源義経　…。

平泉兵が現れ、取り囲む。

武蔵坊弁慶　弁慶！　死してなお余を守護せよ！
源義経　承知！

義経が奥へ下がる。

武蔵坊弁慶　…我が名は武蔵坊弁慶…くたばりたい奴からかかって来い！

弁慶と平泉兵との戦闘が始まる。

弁慶は微笑み、

**武蔵坊弁慶**　…六道の道の巷に待てよ君
遅れ先立ち習いありとも

平泉兵の刃が弁慶に突き刺さる。

義経は弁慶を見つめ、

**源義経**　…後の世もまた後の世も廻り会へ
染む紫の雲の上まで

**武蔵坊弁慶**　我が君。

立ち往生する弁慶。

短刀を抜く義経。

源義経　…皆の者…参るぞ！

自刃して果てる義経。

六振りの刀剣が大地に突き刺さる。

## 【第2場】

♪M2　刀剣乱舞

全員　刀剣乱舞 強く強く 鍛えし鋼

今 解き放つとき

刀剣乱舞 高く高く

誇り胸に抱《いだ》きて

この身　朽ち果てるとも

三日月宗近　美しきその刃　月夜斬り裂き
小狐丸　金色の野生　踊ればほら　雷鳴轟く
岩融　猛り立つ高貴《たか》きもの
岩をも砕き
石切丸　撃ち込むは　怒り祈り本能か
一振りの凪

今剣　この刹那　守るために
加州清光　水辺に咲いた　深紅の薔薇よ

全員　刀剣乱舞　熱く熱く　この身を焦がし
今駆け抜けてく
刀剣乱舞　永久《とわ》に永久《とわ》に
主命　胸に抱《いだ》きて
この身　燃え尽きるとも

三日月宗近　戦いのその果てには
何があるのだろう
加州清光　俺は　この手伸ばす

届かぬものなどあるものか

**全員**　刀剣乱舞 強く強く 鍛えし鋼
今 解き放つとき
刀剣乱舞 高く高く　誇り胸に抱《いだ》きて
この身　朽ち果てるとも

## 【第3場】

本丸。
審神者の間。
加州清光がやって来る。

**加州清光**　加州清光、 はいりまーす。

審神者の声が聞こえてくる。

審神者　清光、近いうちに出陣してもらうことになりそうです。
加州清光　お、やったね。
審神者　そこで、あなたを第一部隊の隊長に任命しようと思います。
加州清光　えー。俺が隊長ぉー？　それで？　編成は？
審神者　今剣。
加州清光　ふむふむ。
審神者　石切丸。
加州清光　ふむふむ…ん？
審神者　それから…小狐丸と三日月宗近。
加州清光　ん？　ん？　ん～？
審神者　…それから。
加州清光　…それから？
審神者　岩融。
加州清光　ちょ、ちょ、戦場が見えないよ。
　　　　それに、戦術的に意味ないんじゃないかな、その編成。
審神者　ええ。

加州清光　認めるんだ。え？…もしかして俺のこと…嫌いなの？
審神者　ふふ、戦術だけで選んだわけではありません。理由があってのことです。
加州清光　それ、俺が欲しい答えじゃないからね！
審神者　加州清光　不服ですか？
そんなことはないけど…せめてひとりくらい気心知れてる奴がいたら…大和守安定とかさ…。

上目遣いで主を見る加州清光。
観念して、

加州清光　…わかったよ、やるよ。でも…なんていうかさぁ…三条派の連中って個性的っていうか自由っていうか…三日月なんて俺の言うことなんか聞いてくれないと思うんだよね…。
審神者　清光。

審神者の顔色をちらりと窺う加州清光。

加州清光　…でも、あんたが言うなら仕方ないよね。

審神者　岩融はこの本丸に来てまだ日が浅いのでしっかりと導いてあげて下さい。期待していますよ、清光。

加州清光は目を輝かせ、

加州清光　期待？　じゃあ、頑張っちゃおうかなぁ。

審神者　頼みましたよ。

審神者が去って行くのを見届け、

加州清光　とはいえ、やっかいなことになっちゃったなぁ。

加州清光がいなくなる。

## 【第4場】

本丸。

三日月宗近と小狐丸がいる。

♪M3　向かう槌音《つちおと》

三日月宗近

夢のお告げ　雲の上なる帝より
汝　御剣《みつるぎ》打てとの
命《めい》くだる
相槌なくては　槌音響かぬ
はてはて　いかがしたものか

小狐丸

救い求め　参るは稲荷明神
共に　御剣《みつるぎ》打とうと
化身現る
相槌手に入れ　槌音響きだす

三・小　はった　はった
ちやう　ちやう　（ちょう　ちょう）
はった　はった
ちやう　ちやう

うち重ねたる　鎚《つち》の音《おと》
天地に響きて　夥《おびただ》し

三日月宗近　表に
小狐丸　彼《か》の名
三日月宗近　裏には
小狐丸　我が名

小狐丸　あかあか　揺らめく炎
三日月宗近　さえざえ　光る細い月
三・小　乱れぬ律動　形を成していく

三日月宗近　表と裏
小狐丸　夢と現《うつつ》

三日月宗近　向かう槌音
三・小　向かう槌音

三・小　刻まれた二つの銘

三日月宗近　中々上手く出来たのではないか？
小狐丸　はい。これならぬしさまにも喜んで頂ける。
三日月宗近　おや？　主に見せる為に稽古を重ねてきたのかな？
小狐丸　ええ。三日月殿は違うのですか？
三日月宗近　ははは、主に舞がわかるのかな。
小狐丸　三日月宗近殿。
三日月宗近　ふふ、冗談だ。

小狐丸は改まった様子になり、

小狐丸　…ぬしさまより我らに命令が下りましたね。
三日月宗近　阿津賀志山か。
小狐丸　…ええ。

三日月宗近　あの者達が彼の地に向かうのは初めてになるな。
小狐丸　…ええ、これもぬしさまの御配慮かと。
三日月宗近　向き合わなければならないこともある。
小狐丸　それで折れるならそれまでのことよ。
三日月宗近　…お辛い立場ですね…ぬしさまも。
小狐丸　さてな。案外笑っているかもしれないぞ。
三日月宗近　三日月宗近殿。
　小狐丸殿、冗談だ、俺の言うことは…ほとんどな。

三日月宗近は笑いながら去って行く。

小狐丸　…。

小狐丸は三日月宗近の背を見つめ、
一つ溜息をつき、去って行く。

## 【第5場】

本丸中庭。

今剣と岩融が手合わせを始める。

今剣　へへへ、きょうはいわとおしがあそびあいてですね！
岩融　さあ、胸を貸してやろう！　どーんと攻めてこい！
今剣　そーれっ！

今剣は軽快な攻撃で岩融をポカリとやり、身を翻す。

今剣　ふふ、ぼくをずーっとひとりぼっちでまたせたばつですよ！
岩融　隙あり！

今剣は岩融の攻撃をかわし、

今剣　こっちですよ！
岩融　素早いやつめ。
今剣　すきあり！

互いに打ち合い、心地よい金属音が鳴り響く。

笑い合うふたり。

岩融　がははは！　良い時間を過ごしたな！

今剣　ふふふ！　たのしいおにごっこでした！

岩融　今剣は流石に素早い。瞬きしている暇もなかったわ。

今剣　いわとおしがずーっとぼくをまたせるものだから、

岩融　そのあいだにどんどんつよくなってしまったんですよ！

今剣　はっはっは、そうか、またせてすまなかったな。

岩融　い～え。でもこれからは、いーっぱいあそんでもらいますよ！

岩融　そうだな、どれ…。

岩融は屈み込み、今剣を肩車する。

今剣　えっへへ～、うわぁ～。たかいたかい！

石切丸が現れる。

石切丸　祓いたまえ、清め給え　祓いたまえ、清め給え。
今剣　いしきりまるさま！
石切丸　今剣さんに岩融さん。御機嫌いかがかな？
今剣　いしきりまるさまもいっしょにからだをうごかしませんか？
石切丸　やめておくよ。とてもふたりにはついていけそうもないからね。
岩融　石切丸殿、何か用があったのでは？
石切丸　おお、そうだった。第一部隊の出陣が近いようだよ。
岩融　君達も編成されているそうだ。
今剣　ようやく一緒に出陣出来るのか、楽しみだな！
岩融　はい！
　　して、時は？

石切丸は真剣な表情になり、

石切丸　…文治五年…西暦1189年…場所は阿津賀志山だそうだよ。
岩融　！
今剣　！

石切丸がいなくなる。

岩融　…阿津賀志山か…。

今剣　…。

今剣が俯く。

岩融　今剣？

何処からか合戦の声が聞こえる。

源義経　（ＯＦＦ）皆の者…参るぞ！

今剣　…よしつねこう…ねぇ…よしつねこう…これは…なに…。

岩融　…今剣。

今剣　…。

岩融　今剣！　しっかりしろ！

今剣　…！

我に返る今剣。

岩融　…大丈夫か？

今剣は笑顔を作り、

今剣　だいじょうぶですよ！　ぼくはなんともありませんから！

岩融　…ならいいが。

ホラ貝の音が鳴り響く。

岩融　…出陣か。

今剣　いきましょう！

今剣は去って行く。

岩融　…。

岩融は心配そうな表情を浮かべ、後を追う。

## 【第6場】

広間。

加州清光が勇んでやって来る。

加州清光　川の下の子です。扱いづらいけど、性能はいい感じってね。

が、まだ誰も来ていない。

加州清光　って、なんで誰も来てないの。

三日月宗近がやって来る。
手には蓋付きの茶碗。

三日月宗近　よきかな、よきかな。

三日月宗近は優雅に座り、茶を飲もうとする。

**加州清光**　ちょっと、これから出陣だってのにのんきにお茶なんて。

三日月宗近はふんわりと手で制し、

**三日月宗近**　加州よ、まあ待て…。

**加州清光**　ん？

優雅に茶をすする三日月宗近。

鳥のさえずりが聞こえてくる。

**加州清光**　わーなにこの優しい時間。

小狐丸がやって来る。

**小狐丸**　なぜ、大きいのに小狐と？　遠慮ですよ。

加州清光　聞いてないよ…じゃなくて聞いてよ小狐丸。三日月がこれから出陣だってのにのんびりお茶を。

ふんわりと手で制し、毛並みを整え始める小狐丸。

小狐丸　ぬしさまはこの毛並みがいいとおっしゃる。

加州清光は制する手の動きを真似て、

加州清光　何これ？　じゃなくて、小狐丸、これから出陣…。
三日月宗近　ははは。近うよれ、加州よ。
加州清光　何がおかしくて笑ったの？　なに？

三日月宗近は茶菓子を食べ、

三日月宗近　…何はなくとも、茶菓子さえあれば、とりあえず幸せになれるとは思わんか？
加州清光　あのさ、これから出陣なんだからもう少し緊張感っていうものが…。
小狐丸　そこの子供。

加州清光　失礼だろ。何？
小狐丸　お姫様だっこをしてほしい……とな？
加州清光　言ってない！　っていうかアンタら自由過ぎるだろ！

今剣と岩融が肩車をしながらやって来る。

岩融　はっはっは！
加州清光　ようやくまともな奴…。
今剣　ばびゅーんととうちゃく！
加州清光　…でもなさそう。

ふたりに駆け寄る加州清光。

岩融　加州殿、悩み事があるのだが、ひとつ相談にのってもらえないだろうか？
加州清光　なんだろ？
岩融　この状態はとても愉快なのだが…このようにふたり力を合わせても…
雲を掴むことも出来なければ…。

今剣、雲を掴もうとする。

加州清光　うん。
今剣　ちにあしがついているきもしないんです。

今剣、足をばたつかせる。

加州清光　うん、実際地に足ついてないからね。
岩融　どうしたらいいだろうか？
今剣　どうしたらいいでしょう？
加州清光　あー…って何これ？　禅問答？
岩融　加州殿でもわからぬか。
加州清光　お役にたてなくてごめんね。

岩融は今剣を降ろし、

岩融　今剣よ、このように我らにはまだまだわからぬことばかり。
共に修行に励もうぞ！
今剣　はい！
加州清光　…本当に大丈夫なのかな、この編成で…え〜と、

小狐丸　これで全員揃ったのかな？
加州清光　ひとり足りませんね。
　いないのは…。

　遠くから声が聞こえてくる。

石切丸　（OFF）祓いたまえ、清め給え。

　段々距離は近づいてくるが、なかなか入って来ない。

加州清光　あー、もう！

　加州清光に手を引かれ、ようやく石切丸がやって来る。

石切丸　ははは、手間を取らせるね、加州清光さん。
加州清光　…ったく。はいはい、お茶、片付けるよ。
三日月宗近　すまんな。

　加州清光が茶碗を片付ける。

各々とても自由な様子。

加州清光は戻って来て、

加州清光　みんな聞いてー！

今剣　はい！

刀剣男士達がようやく加州清光に注意を向ける。

加州清光　歴史修正主義者の狙いが判明したよ。敵の狙いは…源義経。

今剣　…。

加州清光　場所は阿津賀志山、今剣と岩融以外はみんなもう何度も行ったことあるよね。

刀剣男士、それぞれ返事をする。

三日月宗近　そうだな。

加州清光　この編成が組まれたということは今までの阿津賀志山とはわけが

違うと思うんだ。きっと一筋縄ではいかない。
気を引き締めて行こう。

刀剣男士、各々返事。

審神者がやって来る。

加州清光　準備は整ったよ。
審神者　…第一部隊、出陣！
加州清光　おしっ、出陣だぁ！
岩融　どおうれい！　いっちょ、狩りに出かけるとしよう！
三日月宗近　出陣か。わかった。
石切丸　ああっ。まだ加持祈祷が途中なんだけどな！
小狐丸　出陣してまいります。
今剣　よーっし！　いざ、しゅつじーん！

♪M4　勝利の旗

今剣　いざ走れ　時空を超えて
石切丸　歪んだ歴史切り裂け

三日月宗近　失くした過去と今、未来
岩融　取り戻せよ　漢《おとこ》の誇りにかけて

加州清光　広がる世界は　戦乱の地
小狐丸　雄叫《おたけ》び上げて　進めよ
小・岩・加　進めよ
全員　進め！

加州清光　「さあ、出陣だ！」

全員　失うことなど　恐れない
風が逆巻いても　大地割れるとも
この身ひとつだけを　道連れにして
敵を蹴散らせ　火花を散らせ

屍を越えてゆけ　その先には
きっとある　俺たちの　勝利の旗

## 【第7場】

阿津賀志山付近。

源頼朝がいる。

副官が駆け込んで来る。

**副官**　鎌倉殿！
**源頼朝**　戦況は？
**副官**　は、泰衡めの軍勢は士気も低く、こちらが優勢。日没までには片付くかと思われます。
**源頼朝**　そうか。

喚声が聞えてくる。

源頼朝　何事だ？

兵士が駆け込んで来る。

兵士　頼朝様!! 敵の奇襲でございます！

源頼朝　奇襲？ どこにそのような軍勢が…。

弁慶と泰衡、遅れて義経が現れる。

源義経　…兄上。

源頼朝　そ、そなたは…九郎。

源義経　…久しゅうございますな。

源頼朝　…なぜじゃ！ 九郎は泰衡めに殺されたはずでは！

藤原泰衡　残念でござったな。

源義経　九郎めはこの通り、生きております…。

源頼朝　討て！ 奴は九郎の亡霊じゃ！

兵士達が現れ、義経達を取り囲む。

源義経　…兄上。

義経の表情が苦悶に歪む。

源義経　…間違いであれば良いと思っていた…だが…。

義経の刀が怪しく光る。

源義経　…貴様はもはや兄ではない！
源頼朝　討て！

戦闘が始まる。

義経達が頼朝軍を圧す。

副官　殿、こちらへ！

源頼朝　くそっ！

頼朝が逃げる。

源義経　またれぃ！

後を追う義経と泰衡。

武蔵坊弁慶　…。

弁慶の薙刀が怪しく光る。

武蔵坊弁慶　ぬう！

薙刀が弁慶を支配しようとする。

跳ね返す弁慶。

武蔵坊弁慶　…諸刃よの…この力。

弁慶は義経の後を追う。

## 【第8場】

阿津賀志山。

時間の歪みから刀剣男士達が現れる。

辺りの様子を窺う刀剣男士達。

今剣　…ここは、…あつかし山ですか。
岩融　…そのようだ。我ら因縁の地！
今剣　…ぼくのまえのしゅじんをころしたひとたちが、しんでしまいました。
岩融　左様。いいざまよ。
今剣　…ここからなら、まえのしゅじんをたすけられるかも。
岩融　それはならぬ。

今剣　れきしをかえてはなぜいけないの？
岩融　悲しいことはあっても、その次に我らがいるからだ。
今剣　むずかしいよ。
岩融　そうだな。

小狐丸は辺りの様子を探りながら、

小狐丸　史実では源頼朝の軍勢が藤原泰衡の軍勢を滅ぼしたはずなのですが…。
三日月宗近　ああ。
小狐丸　おかしいですね。ぬしさまは、敵の狙いは源義経であると…
　この時代では義経は既に泰衡に滅ぼされています。
三日月宗近　…そうだな。

石切丸は敵の気配に気がつき、

石切丸　…そこらじゅうから良くない気が漂っている…来るよ。

刀剣男士達が身構える。

時間遡行軍が現れる。

加州清光　…時間遡行軍。

刀剣男士達が抜刀する。

加州清光　方陣を組んで！　岩融を囲みながら退路を確保…。

岩融は陣形を無視して前へ出る。

加州清光　って聞いてないじゃん！

岩融　がはははは！　狩られたいのはどいつからかな！

岩融が圧倒的な強さで敵を駆逐していく。

岩融　どうだ。

石切丸　これは強い。

三日月宗近　ふふ。頼もしいな。

加州清光　作戦変更！　鶴翼に開いて敵を迎え討て！

小狐丸　…さてと、では踊りますか。

戦いが始まる。

敵を駆逐する。

加州清光　…ざっとこんなもんかな。

小狐丸　時間遡行軍が入り込んでいるということは、やはり歴史修正主義者の狙いはこの時代で間違いないようですね。

三日月宗近　そのようだな。

加州清光　ん？

加州清光が人の気配を察する。

副官　こちらへ。

頼朝と兵士達が逃げて来る。

今剣　よりともこう！

源頼朝　なんじゃ、貴様等は！
加州清光　あー、俺たちは…。
副官　お急ぎ下さい、追っ手が！
加州清光　追手？

慌てて走り去って行く頼朝達。
不穏な空気が漂う。

石切丸　…来るよ。
岩融　ほほう、この気配、上物！狩るにあたって不足なし！

義経達が現れる。

岩融　…あ、あれは…。
今剣　…よ、よしつねこう…。
加州清光　え？

動揺している今剣と岩融。

源義経　弁慶、ここは任せたぞ。私は兄上を追う。
武蔵坊弁慶　…は。
源義経　行くぞ、泰衡。
藤原泰衡　はっ！

義経と泰衡がいなくなる。

今剣　まって！　よしつねこう！

義経を追おうとする今剣を抱きとめる岩融。

岩融　ならん！
今剣　はなして！　よしつねこうが！
岩融　ならん！

弁慶は薙刀を構え、

武蔵坊弁慶　…貴様ら…何者だ？

身構える刀剣男士達。

武蔵坊弁慶　…答えぬのであれば…斬る！

戦闘が始まる。

圧倒的な強さを誇る弁慶。

岩融は動揺する今剣をかばいながら戦う。

劣勢になる刀剣男士達。

今剣が義経を追おうとする。

今剣　よしつねこう!!

今剣が負傷する。

岩融　今剣！

岩融と石切丸が今剣を介抱する。

今剣　…よしつねこうが…。
石切丸　加州清光さん、ここは一時撤退を。
加州清光　まだだ！
石切丸　加州清光！
加州清光　軽傷くらいで退くことはない！
石切丸　怪我人がいるんだ！

加州清光は戦い続けている。

小狐丸　…よくないですね。
三日月宗近　ふむ。加州、ここは退いた方が良いと思うが。
小狐丸　まずは状況を把握しましょう。
加州清光　…くそ…不本意だけど…撤退だ！

岩融が弁慶に斬りかかり、

岩融　今剣を！
小狐丸　わかりました。
小狐丸と石切丸が今剣を抱えて退却する。
岩融　殿《しんがり》はまかせろ！
加州清光　頼んだ！
岩融と弁慶が対峙する。
岩融　…。
武蔵坊弁慶　…わっぱ…何処かで会ったか？
岩融　…いや。
刃を交える岩融と弁慶。
泰衡が現れ、
藤原泰衡　弁慶殿！　義経公を追いましょう！

**武蔵坊弁慶**　この勝負、おあずけだ。

弁慶は頷き、義経の後を追う。

**岩融**　武蔵坊…弁慶…。

岩融去る。

## 【第9場】

阿津賀志山付近。

夕景。

♪M5　きらきら

今剣

かあかあ　げこげこ
かあかあ　げこげこ
カエルもカラスも帰っていくよ

空は夕焼け　陽が沈む
なんだか淋しい　逢魔《おうま》が時

湿った風が　髪揺らし
ぼくの背中が丸くなる
そんな時は　あの人思い
胸を張って上を向く
見上げた空には　たからもの
きらきら光るお星さま

きっとどこかであの星を
にこにこ見ている人がいる
きっとどこかで同じ星
きらきら見ている人がいる

にこにこ　にこり
にこにこ　にこり
まんまる月も　笑っているよ

きらきら　きらり
きらきら　きらり
きっと明日は　天気になるよ

岩融　嬉しそうだな、今剣。
今剣　だって、いきてらっしゃるんですよ、よしつねこうが！
こんなにうれしいことがありますか！
岩融　…うむ、確かに。だが今剣よ。
今剣　はい！
岩融　嬉しいのはわかるが戦の時は目の前の敵に集中せねば…
今日は軽傷で済んだから良いものの、
もし万が一のことがあったら…。
今剣　そんなむずかしいことはあとです！　いまはかつてのあるじが

岩融　いきていたことをよろこばなきゃ！

今剣　…。

今剣は遠くを見つめる。

岩融　…よしつねこう…そうだ！　いいことおもいついちゃいました！
いまからよしつねこうにあいにいきましょうよ！

今剣　ならぬ！

岩融　！

今剣　…今剣よ、それはならぬのだ！

岩融　…。

今剣　我らの使命は歴史の流れを守ること。この歴史は間違った歴史…
間違いは正さねばならぬ。かつての主に会うことなど、
許されることではない。

岩融　今剣は俯く。

今剣　…ぼくに…むずかしいばかりことばかりいわないでよ！

今剣は駆け出していなくなる。

岩融　今剣！

岩融は肩を落とし、去って行く。

## 【第10場】

♪M6　うたかたの子守唄

小狐丸　夜よ　夜よ
いにしえの夜よ
夜よ　夜よ
その　か黒き闇で
淡き現し世　包んでいるのか
(石切丸　ねんねんねんねん　ゆらるろろ)

**石切丸**　夜よ　夜よ
星屑の夜よ
夜よ　夜よ
その目映き闇で
久遠の疼き　癒しているのか
ねんねんねん　ゆらるろろ

**（小狐丸**

**小・石**　嗚呼　泡沫の
嗚呼　人の世よ
たまゆらの涙　零れ落ちても
嗚呼　兵《つわもの》の
嗚呼　夢の跡
今宵は眠れ　闇に抱かれて

月夜。

小狐丸、石切丸、三日月宗近が座している。

**小狐丸**　…源義経が生きているとは。

沈黙。

**三日月宗近**　…さてと。

三日月宗近が立ち上がる。

**小狐丸**　どちらへ？

**三日月宗近**　じじいは夜更かしが苦手でな、寝るさ。

三日月宗近がいなくなる。

加州清光がやって来る。

加州清光　…。
石切丸　…。
小狐丸　ぬしさまはなんと？
加州清光　…やっぱり既に歴史は改竄されちゃってるみたい。
義経は、正しい歴史では自らを殺した泰衡と結託し、
頼朝を迎え討った…って感じかな。
小狐丸　…なるほど…そういうことだったわけですか。
加州清光　作戦は変更。ここからは、改竄された歴史を元の歴史の流れに繋げること、
それが俺達の任務になる。
小狐丸　より繊細な判断が要求されますね。

沈黙。

石切丸　…加州清光。
加州清光　ん？
石切丸　なぜすぐに撤退しなかった？
加州清光　…それは。
石切丸　今剣さんは動揺していた…すぐに撤退するべきだった。
加州清光　軽傷くらいで撤退してたんじゃ任務を遂行出来ないだろ。

石切丸　隊長の君がそんな闇雲な指揮をしていたのでは
加州清光　肉体が幾つあっても足りないな。
石切丸　…刃が折れても、隊長が死んでも前進する！
加州清光　それが新撰組の戦い方だ！
石切丸　ここは新撰組ではない！
　！
　…今剣さんが負傷したのが誰の責任か…よく考えてみるんだね。

石切丸がいなくなる。

加州清光　…戦いで折れるのなら上等じゃないか！　俺達は殺して壊して…
　それでなんぼの刀剣だろ！

小狐丸は微笑んでいる。

加州清光　…小狐丸。
小狐丸　なんでしょう？
加州清光　…俺と石切丸、どっちが正しい？　どっちが間違ってる？
小狐丸　…そうですねぇ…答えは知っていますが…やめておきましょう。

**加州清光** え？

**小狐丸** それは、自ら導きだすことで初めて答えになるものですから。

小狐丸は笑いながら去って行く。

加州清光は小狐丸を追いかける。

## 【第11場】

阿津賀志山付近。

岩融が月を見上げている。

**岩融** …俺は一体どうしたら…。

♪
M7　名残月

岩融

名残月
何故《なにゆえ》照らす嘆きの荒野を
千年の誓い　秘めたる渇き
名残月
何故《なにゆえ》暴く　抜き身の傷を
千年の誓い　秘めたる孤独
鞘を持たぬこの体
しんしんと　しんしんと
碧き光が突き刺さる
しんしんと　しんしんと

三日月宗近がやって来る。

三日月宗近　…月に叢雲、花に風…か。
岩融　…三日月宗近殿。

抜刀し、岩融に斬りかかる三日月宗近。

岩融　！

なんとか斬撃を防ぐ岩融。

岩融　なにをする！

三日月宗近は次々と斬撃を繰り出す。

岩融　いったいどういうつもりだ！

三日月宗近は手を緩めない。

岩融　…流石は天下五剣が一振り…であれば…いくぞ！　どおりゃあ！

岩融は体勢を立て直し、
三日月宗近に強烈な一撃を見舞う。

三日月宗近は斬撃を受け止める。

三日月宗近　ふふ…迷い有り、か。

三日月宗近は微笑みを浮かべ、

三日月宗近　俺は言葉は信じない質《たち》でな。言葉など偽りばかりよ…
だが、戦や舞は偽ることは出来ん。
岩融　…。
三日月宗近　手荒な真似をして済まなかったな。許せ。
岩融　…。
三日月宗近　…で、どうするのだ？

岩融は苦しげな表情を浮かべ、

岩融　…我らは戦の道具として生まれた…縁あって主の手により励起され、
刀剣男士としての使命を与えられた。
三日月宗近　ふむ。
岩融　使命こそ、我らにとっての命そのもの…

三日月宗近　かつての主を懐かしく思う気持ちはあれど過去は過去、我らにとって大切なのは今と、これから…。

岩融　…。

…だが…この歴史で、義経公と再会した時に見せたあやつの笑顔…俺は…曇らせたくはない…。

沈黙。

三日月宗近　…さて、舞をひとさし…。

♪M8　返歌《かえしうた》　名残月

三日月宗近　名残月
露草《つゆくさ》染まる　あつかしの
夢の夢こそ　哀れなれ
名残月

朧《おぼろ》に霞むすすき野を
揺らすは風か　ため息か

名残月
（岩融　しんしんと）
散りゆく定め知りつつも
（岩融　しんしんと）
三・岩　今咲き誇る花の哀れよ
三日月宗近　名残月
（岩融　しんしんと）
消えゆく定め　知ればこそ
（岩融　しんしんと）
三・岩　今降り積もる
常《とこ》しえの光

三日月宗近　ふふ、つまらぬものを見せたな。
岩融　三日月宗近殿…俺は…。
三日月宗近　我らはもはやただの物ではない。己の意志で戦うもの…行け…心のままに。

三日月宗近が去って行く。

岩融 …。

岩融は月を見上げる。
弁慶が現れ、岩融と同じ月を見上げている。

岩融が去る。

## 【第12場】

阿津賀志山付近。

一人佇む弁慶。

義経が現れる。

源義経　弁慶。
武蔵坊弁慶　我が君。
源義経　今宵、奇襲を仕掛け…兄上を討つ。
武蔵坊弁慶　…は。

義経は抜刀し刀を見つめ、

源義経　…いよいよか…いよいよこの手で…兄上を…。

刀が怪しく光り、義経が何者かに支配されていく。

源義経　八つ裂きにしてくれる…。

苦しみだす義経。

源義経　…ぐ…ぐあああ！
武蔵坊弁慶　我が君！

義経に駆け寄る弁慶。

源義経　来るでない！

義経は支配されかけるが、なんとか跳ね返す。

荒く息を吐く義経。

武蔵坊弁慶　我が君！
源義経　…大丈夫だ。
武蔵坊弁慶　…。
源義経　…聞かねばならぬ…兄上が…なにゆえ余を殺そうとしたのか…。
武蔵坊弁慶　…我が君。
源義経　…余は…兄弟で争うことは望まぬ…理由さえわかれば鞍馬寺にでも出家しようと思うておる。

義経は微笑み、

源義経　…そうなれば、お主と同じ、坊主じゃのう！

武蔵坊弁慶　…我が君。
源義経　はっはっはっは！
義経がいなくなる。
武蔵坊弁慶　…。
薙刀を見つめる弁慶。
薙刀が弁慶を支配しようとするが、なんとか跳ね返す。
武蔵坊弁慶　…やはり…この力は危険だ…だが…どうすれば…。
弁慶が去って行く。

## 【第13場】

阿津賀志山付近。

岩融がやって来る。

岩融　？

慌てた様子で加州清光が駆けて来る。

岩融　加州殿、何事だ？
加州清光　今剣が…。

岩融が加州清光に詰め寄る。

岩融　今剣がどうしたというのだ！
加州清光　…姿が見えない…どうやらひとりで阿津賀志山に向かったみたいなんだ。
岩融　！

駆け出す岩融。

加州清光　待て！　岩融！

岩融　しかし！
加州清光　勝手な行動をするな！　お前は刀剣男士だろう！
岩融　くっ…。

獣のように咆哮する岩融。

岩融　…俺としたことが…すまない。
加州清光　…岩融。
岩融　…肉体というものは不便なものだ…思ったこと、感じたことをすぐに行動に移せてしまう…。
加州清光　…。
岩融　戦の道具であった頃は…ただ主の思うままに従っていれば良かった。
加州清光　…肉体を得ることによって矛盾が生まれてしまうんだって。
岩融　矛盾？
加州清光　うん。感情とも呼ばれてる。無かったからね
…ものだった頃には…俺達には。
岩融　…感情か…難しいものだな。
加州清光　…うん。

岩融は空を見上げ、

岩融　…此れ有れば彼有り、か。
加州清光　全てを受け入れていくしかないのだな。
岩融　え？
加州清光　物事は様々な因縁によって成り立っている。何か一つの力によって成り立っているわけではない。
岩融　…どちらかが正しくて、どちらかが間違っているわけではないってこと？
加州清光　ああ。ゆえに…全てを受け入れよ…お釈迦様の教えよ。
　…そうか…そうだよな。

加州清光と岩融が互いに微笑む。

岩融　…俺はあやつの気持ちを知りながら理屈しか言えなんだ…情けない…。
加州清光　…とにかく、ひとりで向かうのはやめてくれよ。俺達は仲間なんだし。
岩融　…加州殿。

三日月宗近、小狐丸、石切丸がやって来る。

加州清光　…行こう。
岩融　ああ。

駆けて行く刀剣男士達。

## 【第14場】

阿津賀志山。
時間遡行軍が徘徊している。
どこからか笛の音が響いてくる。
薄衣を羽織った今剣がやって来る。
時間遡行軍が今剣に襲いかかる。

今剣が時間遡行軍を駆逐する。
今剣は遠くを見つめ、
今剣　よしつねこうのじんは……あっちかな……ん？
戦乱の声が聞こえる。
今剣　やしゅう……よしつねこうらしい。
微笑む今剣。が、すぐに真剣な表情になり、
今剣　……いそがないと。
今剣がいなくなる。

## 【第15場】

戦乱の声。

兵士　こちらでございます！

副官　おはやく！

頼朝が逃げている。

弁慶が現れて立ち塞がる。

兵士　頼朝様、こちらへ。

反対方向に逃げようとする頼朝。

泰衡が現れて兵士を斬る。

義経が現れる。

源頼朝　…く、九郎…。

源義経　…兄上…私がいったい何をしたというのです…。
源頼朝　…なぜ、私が兄上に命を狙われねばならぬのです！
源義経　ち、違う、わしは、そのようなことは…。
…言い逃れは出来ない。

頼朝は義経に斬りかかる。
義経は軽く弾き返す。

源義経　…兄上…歴史の上では…泰衡殿をけしかけ私を殺させたそうな…。
源頼朝　…。
源義経　…その上…泰衡殿も殺した…私を殺した罪を着せて…。
藤原泰衡　…。
源頼朝　そ、そのようなことは…。
藤原泰衡　しらをきるな！
源義経　…その歴史を…我らに伝えてくれたものがおったのだ！

義経の刀が怪しく光る。
刀を構え、頼朝に詰め寄る義経。

弁慶は一歩前に出て、

武蔵坊弁慶　恐れながら申し上げます我が君。
源義経　なんだ弁慶。
武蔵坊弁慶　頼朝公はもはや籠の中の鳥、そう急いで命を奪うこともありますまい。
源義経　……。
武蔵坊弁慶　それに……まだ理由を聞いておりませぬ。
源義経　……理由。
武蔵坊弁慶　なにゆえ……我が君の命を奪おうとしたのか。
源義経　……。

遠くから騒ぐ声が聞こえて来る。

今剣　（OFF）よしつねこーう！

今剣がやってくる。

泰衡が刀を構える。

藤原泰衡　貴様、何奴！

今剣が投げた薄衣が弁慶に被さる。

武蔵坊弁慶　わっぱ！

今剣は跪き、

今剣　おそれながらもうしあげます、よしつねこう！
源義経　…？
今剣　え〜っと…よしつねこうはよくこうおっしゃっていました、あ、じゃなくて、よしつねこうはこうおっしゃらり…おっしゃるられ…おっしゃらりられたでそうです。…あれ？

自分の言葉に混乱する今剣。

源義経　わっぱ、落ち着いて話せ。
今剣　はい！　よしつねこうは、ほんとうはよりともこう

源義経　となかよくしたいのではありませんか？
今剣　…。
源義経　よしつねこうは…よしつねこうは…こころやさしいひとでした。
今剣　？

源義経　と、きいております…かぞくおもいで…きょうだいおもいで…
なかまおもいで…とても…とても…
だから、まずははなしあってみてはいかがでしょう？
今剣　…わっぱ、名はなんと言う？
源義経　いまの……なまえは、なんでしたっけ？
己の名前を忘れるとは、とんだ慌て者じゃのう。

笑いが起きる。

照れる今剣。

義経は頼朝を見つめ、

源義経　…兄上。
源頼朝　…。

源義経　泰衡殿、兄上を。
藤原泰衡　は！

泰衡が頼朝を連れて行く。

源義経　わっぱ…礼を言うぞ。
今剣　いいえ！
源義経　来い。
今剣　はい！

義経、今剣がいなくなる。
弁慶は微笑み、ふたりの後ろ姿を見つめる。
弁慶がいなくなる。

## 【第16場】

阿津賀志山付近。

刀剣男士達が現れる。

遠くを見つめている加州清光。

加州清光　…守りは堅いな。
石切丸　当然、そうだろうね。
加州清光　…さて、作戦なんだけど、多勢に無勢、ここはやっぱり奇襲攻撃をしかけるべきだと思うんだ。
石切丸　本気か？　加州清光。
加州清光　え？
石切丸　源義経はこの国随一のいくさの天才と言われた男、そしてその彼が最も得意としたのが…。
小狐丸　奇襲ですね。
石切丸　逆手に取られて全滅するのがオチだよ。
加州清光　じゃあ…どうしたら…。

沈黙。

岩融　…何処かに抜け道があるかもしれない。

岩融がいなくなる。

三日月宗近　つきあおう。

三日月宗近がいなくなる。

加州清光　…抜け道なんて無いの…三日月なら知ってると思うんだけど、何度も来てるんだし。

小狐丸　落ち着かないんですよ岩融は…三日月殿は気遣って、つきあってあげているのでしょう。

加州清光　あ、そういうことか…あ〜！　駄目だなぁ俺って…隊長失格…。

落ち込む加州清光。
小狐丸は少々わざとらしく、

小狐丸　あっ。私もその抜け道とやらを探して参ります。では。

小狐丸がいなくなる。

加州清光　…。
石切丸　…。
加州清光　…石切丸。
石切丸　…。
加州清光　…この前のことなんだけど…。
石切丸　…。
加州清光　今剣が怪我をしたときのこと…俺、考えたんだ。…あのとき…俺と石切丸、どっちが正しくて、どっちが間違ってたのかって…。
石切丸　…。
加州清光　…それでさ…気がついたんだよね…その考え方そのものが間違ってたんだって。
石切丸　…？
加州清光　…俺は隊長として正しい選択をしたと思ってた。でも、仲間としては…正しい選択じゃあ無かった…。

石切丸　…。
加州清光　…だから…なんというか…その…ごめん。

沈黙。

石切丸　…私は、いくさがあまり好きではなくてね。
加州清光　…？

♪
M9　矛盾という名の蕾

石切丸　己が武器である事　忘れた事はない
この身に刻まれた宿命　忘れるはずがない
命奪い合う『物』として　我らは生まれた
皆それぞれ　命のやり取りを経てここにいる

石切丸　加州清光、君にも身に覚えがあるのでは？
加州清光　…うん。
石切丸　…今剣さんは大きな矛盾を抱えている。
加州清光　矛盾…。

加州清光　肉体を得ることによって生まれた
矛盾という蕾
感情という花を咲かせる

石切丸　あの小さな身体に宿った蕾は
今まさに花開こうとしている
悲しみという花

加州清光　…悲しみ、か。
石切丸　…今剣さんは…かつての主である源義経を…。
加州清光　…ああ、そうだったね。
石切丸　…。

加州清光　…アンタがなんで戦が嫌いなのか…わかった気がする。
石切丸　…？
加州清光　…ずっと、人間のそばでさ、病気とか怪我とかを
治したいっていう思いを…受け止めてきたんでしょ？
石切丸　…ああ。
加州清光　でも…。

加州清光　自分が武器だって事
忘れるなんて出来なくて
この身に刻まれた宿命
受け入れるしかなくて
命奪い合う『物』として生きるしかなくて
そして…
俺も
石切丸　私も
石・加　命のやり取りを経て　ここにいる

加州清光　そりゃあ戦嫌いにもなるよな…戦ほど悲しみを生むものはないんだから。
石切丸　…。
加州清光　…アンタも、大きな矛盾を抱えていたんだね。

沈黙。

石切丸　…すまなかったね。私の方こそ言い過ぎた。
加州清光　え？
石切丸　清光、作戦なのだが。
加州清光　え、あ、うん、作戦ね。
石切丸　敵が奇襲を得意としているのであれば、こちらの奇襲は既に計算ずくだろう…であれば、裏の裏をかけばよいのではないかな？
加州清光　…裏の裏は表…ということは……正攻法！正面突破だ！

笑顔で頷く石切丸。

加州清光　行こう、石切丸！

石切丸　ああ。

走り出す加州清光。
遅れる石切丸。
加州清光が戻って来て、

加州清光　遅いよ！
石切丸　こればかりはねえ。

加州清光が石切丸を引っ張りながら去る。
小狐丸が現れる。

小狐丸　ふふふ。

小狐丸がいなくなる。

## 【第17場】

義経の陣。

今剣と弁慶がやって来る。

武蔵坊弁慶　…わっぱ。
今剣　はい！
武蔵坊弁慶　…貴様、仲間はどうしたのだ？
今剣　え？
武蔵坊弁慶　とぼけるな。腕の立つ連中と一緒であっただろう？
今剣　ぎく。
武蔵坊弁慶　…ふん、まあ良い。
今剣　さすがはべんけいどの、どりょうがおおきいです。

弁慶は今剣を見つめる。

今剣　…？
武蔵坊弁慶　…どことなく似ているな。
今剣　にている？　だれにです？
武蔵坊弁慶　…若い頃の我が君に。
今剣　ほんとうですかあ？
武蔵坊弁慶　あぁ。
今剣　うれしいなあ。

くるくる回る今剣。

今剣　べんけいどのもにていますよ。
武蔵坊弁慶　誰にだ？
今剣　おおきくて、つよくて、あたたかいひとです！

ふいに俯く今剣。

武蔵坊弁慶　？
今剣　でも…ちょっと…けんかしてしまったんです…
きらわれちゃったかな…。

武蔵坊弁慶　ふん、気にすることはない。

今剣　…え？

武蔵坊弁慶　私に似ているのであれば、ちょっとやそっとのことで、お前を嫌ったりはしないだろう。

今剣　さすがはむさしぼうべんけいどの！　わかっていらっしゃる！

武蔵坊弁慶　ふん！

顔を見合わせ、笑い合うふたり。

義経がやって来る。

今剣　よしつねこう！

源義経　どうした？

今剣　…おききしたいことがあるのです。

源義経　なんじゃ？　言ってみろ。

今剣　…よしつねこうはいくさのてんさいです。それから…にんきものです！　それで、その…。

源義経　ふふ、何を言いたいのだ？

今剣　ずっときいてみたかったんです！

源義経　よしつねこうがよりともこうとたたかうことをえらばず、おうしゅうまでにげたりゆうを…。
今剣　…。
源義経　…あのとき…よしつねこうがてんかをねらおうとおもったら、もしかしたら…。
今剣　ふふ、人には…役割というものがあってな。
源義経　…やくわり…ですか？
今剣　ああ、余は戦の才を持って生まれた。そして、兄上は天下を治める才を持って生まれた。戦乱の時代には余の力が必要であった。
源義経　だが、これからの時代、必要なのは兄上の力の方なのだ。
今剣　…。
源義経　ふふ、むずかしいか？
今剣　はい…でも…たいせつなのはやくわりなんですね？
源義経　そうだ。

今剣はしばらく考え、

今剣　よしつねこう！
源義経　うん？

今剣　なかなおり、できるといいですね！
源義経　…ああ！
今剣　やくわりか…ぼくのやくわりはなんだろう。

今剣がいなくなる。
去って行く今剣を見つめる義経。
義経は捕われている頼朝の前に立つ。

源頼朝　…九郎。
源義経　…兄上……お逃げ下され。
源頼朝　なに？

義経は頼朝を縛っていた縄を解く。

源頼朝　…どういうつもりだ？
源義経　…九郎は…兄上と争いとうない。
源頼朝　…。

源義経　…九郎は…出家いたします…お逃げ下され。

頼朝は激昂し、義経に殴りかかる。

源頼朝　どこまでも…どこまでもわしを嬲るのか九郎！
源義経　…兄上。
源頼朝　…お前が羨ましかった。
源義経　…羨ましかった？
源頼朝　お前は全て持っているではないか！
戦の才に恵まれ、優れた部下を持ち、
民からも愛されている！　それにひきかえ私はどうだ！
ただ源氏の棟梁として生まれただけでなんの才も無い！
誰もがお前が棟梁になることを望んでいるのだ！
源義経　…兄上。
源頼朝　誰もが私を蔑んでいるのだ！　私よりも九郎の方が
源氏の棟梁にふさわしいと思っているのだ！
源義経　…九郎は…九郎はそうは思いませぬ。
源頼朝　…？
源義経　…兄上は、誰が何と言おうと源氏の棟梁…九郎めは

源頼朝　…九郎めは…兄上の弟でございます！
…私を…許してくれるのか？

義経が頷く。

源義経　許すも許さないもありませぬ…兄弟ではありませんか。
源頼朝　九郎！ すまぬ！ 情けない兄を許してくれ！
源義経　兄上！
源頼朝　九郎！

手を取り合う二人。

怪しい気配が漂う。

声　…兄を…憎んでいたのではなかったのか？

義経が頼朝から離れる。

声　…兄を殺せば…天下が手に入るのだぞ…。

源義経　…天下など望んではおらぬ…。
源頼朝　どうしたのだ？　九郎。
源義経　…兄上、私から離れて下され。
源頼朝　…九郎？
声　…役立たずめ…ならば…私が代わりに目的を果たしてくれよう。
源義経　やめろ…やめろ！
声　…それが私の役割だ。

義経が刀に手をかける。
抗おうとし、苦悶の表情を浮かべる義経。
義経の意思とは関係なく刀が動き出し、頼朝に斬りかかる。

源義経　…あ、兄上…お逃げ…くだされ…。
源頼朝　どうしたのだ？　九郎！
声　抗うか？　もはや貴様に用はない！

刀が義経の体に突き立つ。

禍々しい何かが義経の体に入り込む。
完全に支配され、絶叫する義経。
義経が倒れる。

源頼朝　九郎！ 誰か、おらぬか、九郎が…九郎が…。

弁慶が駆け込んで来る。

武蔵坊弁慶　いかがなされましたか！
源頼朝　く、九郎が！

義経は何事も無かったように、

源義経　どうしたのだ、弁慶。
武蔵坊弁慶　…我が君？

泰衡が駆け込んで来る。

藤原泰衡　敵が！　正面から！
源義経　迎え討て。
武蔵坊弁慶　は！

弁慶が向かう。
泰衡が頼朝を連れて行く。
一人きりになり、怪しく笑う義経。

## 【第18場】

義経の陣。
刀剣男士達が敵を蹴散らしながら現れる。

小狐丸　正面突破、成功ですね。
三日月宗近　見事な作戦だ。
加州清光　このまま一気に攻め込むぞ。

加州清光の背後を敵が狙う。
間一髪、石切丸が敵を斬る。

加州清光　石切丸！
石切丸　速さでは劣るが、こう見えてそこそこやるんですよ。

戦闘が始まる。

石切丸　厄落としだ！

加州清光と石切丸の連携。

敵を駆逐する。

周囲の空気が変わる。

加州清光　…何だこの気配は…。

　　弁慶が現れる。

加州清光　…武蔵坊弁慶。
岩融　…ここは俺にまかせて、先へ。
加州清光　…わかった。

　　岩融を残し、刀剣男士達が去って行く。

　　対峙する岩融と弁慶。

武蔵坊弁慶　…また貴様か。
岩融　…ああ。

　　弁慶が岩融に斬りかかる。

武蔵坊弁慶　…なるほど…そうか、貴様が…。

岩融　…？
武蔵坊弁慶　ゆくぞ！

岩融と弁慶の戦いが始まる。

武蔵坊弁慶　…強いな。
岩融　…かつての主が強くてな。
武蔵坊弁慶　…そうか。
岩融　…いくぞ！

再び打ち合う岩融と弁慶。
互いに手傷を負っていく。
睨み合う岩融と弁慶。

岩融　…何故だ？
武蔵坊弁慶　…？
岩融　…源義経のことだ。

武蔵坊弁慶　…。
岩融　武蔵坊弁慶ならば気づかぬはずがない。
武蔵坊弁慶　…何があろうと…我が君は我が君なのだ…。

打ち合う岩融と弁慶。

互いに深手を負う。

武蔵坊弁慶　…そろそろ終わりにするか。
岩融　…ああ。

互いに渾身の一撃を見舞う。

岩融が優勢になる。

弁慶は覚悟を決め、

武蔵坊弁慶　…さあ…とどめを刺せ。
岩融　うぉぉぉ！

岩融が弁慶に斬りかかる。が、寸前で止める。

岩融　……違う！
武蔵坊弁慶　……？
岩融　……武蔵坊弁慶の力はこんなものではない！
武蔵坊弁慶　……。
岩融　……なぜ手加減した？
武蔵坊弁慶　……貴様なら……。
岩融　……？
武蔵坊弁慶　……貴様なら……我が君を止められると思った……。
岩融　！

岩融は跪き、

岩融　……承知！

岩融が走り去って行く。

## 【第19場】

義経の本陣。

加州清光、石切丸、三日月宗近、小狐丸が敵を駆逐していく。

加州清光　ここが本陣だな…義経は…。

今剣が現れ、

今剣　みなさん！　まってください！
加州清光　…今剣。
今剣　…たたかわないで。
加州清光　…。
今剣　あのかたは…ぼくのかつてのあるじなんです！　たたかわないで！
加州清光　それは…出来ないんだ。
今剣　でも…。

加州清光　冷静になるんだ、今剣。
今剣　…どうしてもだめですか？
加州清光　…この歴史は間違った歴史なんだ…俺達は…刀剣男士なんだ！

沈黙。

今剣　…しかたありませんね。

今剣は刀を抜いて加州清光の首筋に押し当てる。

石切丸　今剣さん！

♪M10　おぼえているI

加州清光　…どういうつもりだ？
今剣　…よしつねこうをいじめないで！
加州清光　今剣！

**今剣**　ぼくは　まもりがたな
よしつねこうを　まもるのが　やくわり
だから　おねがい

**小狐丸**　今剣！
**今剣**　こないで！

**今剣**　おぼえているんだ　あたたかいてのひらを
おぼえているんだ　あたたかいあのかたの…
あのかたの…

**三・小・石・加**　歴史を守るのが　使命

**今剣**　…いやだ。

三・小・石・加　それが我らの　使命

今剣　いやだよ…。

傷だらけの岩融がやって来る。

岩融　…今剣…そこを退くんだ。
今剣　…いわとおし。
岩融　どけー!!

今剣　いやだよ…せっかくあえたんだよ
よしつねこうに…

今剣　こないで!
岩融　今剣!

邪悪な気配に気づく一同。

石切丸　来るよ。

義経が現れる。

♪M11　おぼえているⅡ

三・小・石・岩・加　一瞬にして淀む空気
その気配に身の毛もよだつ
今剣　ぼくは…まもりがたな
三・小・石・岩・加　地響きの様な叫びとともに…

加州清光　義経！

岩融を振りほどく今剣。

今剣　こないで！　いやだ…もういやなんだ。

今剣　あのかたがいなくなってしまうのは…
おぼえているんだ　やさしいえがおを
おぼえているんだ　いさましいすがたを

岩融　…この歴史は間違った歴史なんだ！
今剣　…いやだよ…れきしがもどったら…けっきょくぼくは…。

三・小・石・加　覚えているんだ　はっきりと
今剣　おぼえているんだ…
三・小・石・加　温かい掌を　その感触も
今剣　あたたかいてのひらを…
三・小・石・加　覚えているんだ　鮮やかなる温かい

今剣　あのかたの…

三・小・石・加　血汐

岩融　今剣…お前は悪くない。

今剣　…。

岩融　お前は何も悪くないんだ。

岩融　忘れろとは言わない
だが責めるな　自分の事を
見上げた空には　たからもの

今剣　え…。

岩融　きらきら光るお星さま

今剣　…いわとおし…。
岩融　あぶない！

義経が今剣に襲いかかる。

岩融　！

岩融は今剣の盾になり、倒れる。

今剣　いわとおし！

戦闘が始まる。
加州清光、石切丸、三日月宗近、小狐丸が義経に向かって行く。
石切丸に攻撃する義経。

加州清光　石切丸!!

強烈な斬撃で三日月宗近と小狐丸が吹っ飛ばされる。

三日月宗近　…流石は戦の天才…。

手傷を負う刀剣男士達。

今剣　…みんな！

今剣が義経と対峙する。

源義経　死ね！

動揺して動けない今剣。

弁慶が現れる。

武蔵坊弁慶　我が君！
源義経　弁慶！
武蔵坊弁慶　我が君、参る。

義経に斬りかかる弁慶。

今剣　べんけいどの。
武蔵坊弁慶　…下がっていろ。

弁慶の気合いが勝る。

今剣　べんけいどの！
武蔵坊弁慶　くるな！

義経を追い込む弁慶。

武蔵坊弁慶　…我が君…御免！

とどめを刺そうとする弁慶。

源義経　…弁慶！

一瞬だけ元の義経に戻る。

源義経　…死してなお余を守護せよ…。
武蔵坊弁慶　…我が君。

一瞬、弁慶の動きが止まる。

源義経　なんてな。

貫かれ、倒れる弁慶。

武蔵坊弁慶　我が君！
今剣　べんけいどの！

義経と対峙する今剣。

今剣　…ちがう…。
源義経　…。
今剣　…ちがう…ちがう…。
今剣は義経を睨みつけ、
今剣　…あなたは…よしつねこうじゃない！
咆哮する義経。
義経の姿が変わる。
刀剣男士と義経の壮絶な戦い。
義経は更に圧倒的な強さを見せる。
時間遡行軍が現れる。
加州清光　まだいたのかよ…。

乱戦。

今剣と義経の戦闘。

今剣　…ぼくのたいせつなひとたちをきずつけるやつはゆるさない！　よしつねこうのなをかたるやつは…ぜったいにゆるさない！

追い込まれていく今剣。

今剣の危機を岩融が救う。

今剣　いわとおし！
岩融　いくぞ、今剣。

今剣と岩融の真剣必殺。

今剣　もうおこった！　ほんきでやっちゃいます！

岩融　遊びの時間は終わりとしようぞ！

義経が断末魔の叫びをあげる。

静寂。

加州清光　…終わった…のか？

岩融が崩れ落ちる。

今剣　…いわとおし…。

今剣は岩融に駆け寄る。

岩融　…死してなお余を守護せよ…義経公はそう言った…。
今剣　…。
岩融　…だから…たとえこの身が折れようとも…
朽ちて砂と消えようとも…
お前と共にあること…それが俺の役割だ…。

岩融は立ち上がり、今剣を高くさし上げる。

岩融　…後の世も…また後の世も…我と共にあること…今剣よ…それがお前の役割だ…。
今剣　………はい！

夜が明け、朝日が刀剣男士達を照らす。

今剣　あさだ！
三日月宗近　よきかな、よきかな。
加州清光　さて、帰ろう！

本丸に帰る刀剣男士達。

## 【第20場】

本丸。

広間。

加州清光が審神者に報告している。

加州清光　…考えてみたんだ。もし自分が、今剣や岩融のように、かつての主と出会うことになったら…
いったいどうなっちゃうんだろうなって。

審神者　…。

加州清光　わからないけどさ…その時がきてみないと。でも、いつかは俺も向き合わなくちゃいけない時がくるんだろうなって…。

審神者　…そうですね。

沈黙。

加州清光　…そうだ。思い出した。主、ひとつだけ言わせて。

審神者　なんでしょう？

加州清光　ほーんと、大変だったんだからね！　三条の連中をまとめるのって。

審神者　自由だってのは聞いてたけどさ。まさか、全員揃いも揃って
加州清光　自由だなんて思わないじゃん？　普段もそうだけど
戦い方から何から全然違うんだもん、三条と新撰組じゃ。
審神者　ふふふ。
加州清光　でも、不思議だよね。みんなそれぞれ別の方向を向いてるようで、
いざという時は息がぴったりなんだから。
……。
……俺にないもの、色々もらった気がする。

審神者は改まって、

審神者　清光、この度の任務、ご苦労様でした。
加州清光　あなたのおかげで任務は無事に完了しました。
そんな。もちろん俺の頑張りもあると思うけど、
みんなの協力もあったからだと思うよ。
審神者　あなたは隊長として見事役割を果たしました。
おかげで、今剣と岩融は試練を乗り越えることが出来たのです。
加州清光　……でも……これも全部あんたの狙い通りなんでしょ？
審神者　いいえ、私の狙い以上の働きでしたよ。

加州清光　ほんと？
審神者　ええ、あなた自身随分と成長したようですね。顔つきが違いますよ。
加州清光　へへ。ちょっとは、可愛くなったよな。
…これからも俺のこと、ちゃんと見ててよね。ばいばい。

## 【エピローグ】

桜の花びらが舞っている。

♪M12　キミの詩

加州清光　教えて欲しい
ひとり見上げる空が　滲んだ理由《わけ》を
岩融　出会わなければ
こんな気持ち　分からなかったのに

**今剣**
いつも一緒に居たはずだった
あの温もりが忘れられない

**岩・今・加**
キミに会いたくて　でも会えなくて
走り出す　黄昏　桜舞う
どんなにキミを追いかけても
どこまでも遠ざかる影

**石切丸**
教えて欲しい
キミの瞳の奥が　潤んだ理由《わけ》を

**小狐丸**
出会わなければ
こんな痛み　分からなかったのに

**三日月**
キミの横顔　夕陽が染める
その輝きに　永久《とわ》の意味知る

**三・小・石**
キミに会いたくて　でも会えなくて
叫んでも届かぬこの思い
どんなにキミを追いかけても

どこまでも遠ざかる影

（間奏）

**全員**

キミに会いたくて
でも会えなくて
走り出す　黄昏　桜舞う
どんなにキミを追いかけても
どこまでも遠ざかる影

いつもキミを捜してるよ

幕

本作は、2018年7月15日～8月19日に上演されたミュージカル『刀剣乱舞』～阿津賀志山異聞2018巴里～の上演台本を元に戯曲として加筆・修正等の再構成をしたものです。

実際の上演とは、多少異なる部分がございますので、ご了承ください。

また、一部台詞は原案ゲームより引用したものです。

## 脚本・御笠ノ忠次×演出・茅野イサム特別対談

――2015年のトライアル公演から数えると3年9か月ほどの年月が経ちました。当時、このような状況になると想像されていましたでしょうか。

御笠ノ（以下、御）　ここまでは想像していなかったでしょうか。茅野さんはいかがですか？

茅野（以下、茅）　トライアル公演は確か17ステージだったんですよ。この公演数の少なさでは観劇できるお客様が少ないと思うのでもっと長期間できないか、とお話もいただいたのですが、僕と松田（誠）プロデューサーは「演劇でそこまで簡単に観客が集まるわけない」と話していました。でも、確かに僕らの方が甘かったですね（笑）。

御　当時の感覚では17ステージでも多いですよね。

茅　色んな作品の2.5次元舞台をやってきましたが、ミュージカル『刀剣乱舞』は計算外の勢いでしたね。

御　だってその次の本公演が40ステージですもんね。

茅　それくらいステージ数があってもチケットが取れないという状況になりましたから…。

御　たまに僕を御笠ノだと気づいた人から「チケットが取れますように」と拝まれることもあります（笑）。

——そもそもミュージカル『刀剣乱舞』に関わるようになったきっかけを教えていただけますか。

御　元々、茅野さんから別作品の舞台化脚本を依頼されていたのですが、その企画が流れて…。

茅　そこからスライドする形で、この組み合わせで『刀剣乱舞』をミュージカル化することになったんだよね。

——かなり早いタイミングでのミュージカル化だったと記憶しています。

御　そうですね。原案ゲームがリリースされたのが2015年1月で、最初のトライアル公演が同じ年の10月ですからね。

——原案ゲームについてはどのような印象をお持ちでしたか。

御　僕はリリース直後に知り合いから、その存在だけは聞いていたという程度でしたね。

茅　当時はまだ今ほどユーザー数も多くなかったし、誰でも知っているという作品ではなかったですね。ただ、僕は「刀剣が人の肉体を得て戦う」というコンセプトを聞いた段階でとても興味を持ちました。

御　僕の場合は、妻と平泉に旅行に行って、帰ってきた翌日に松田さんから「今剣と岩融で物語が書けないか」という電話をいただいたんですよ。そもそも僕の先祖が源義経の兄弟だったりもして…とにかく色々な縁を感じて、これは「ミュージカル『刀剣乱舞』をやれ」ということだなと思いました。ただ、いざ引き受けてからはなかなかの地獄でしたけど（笑）。

**――それが「阿津賀志山異聞」のきっかけとなるわけですね。登場する刀剣男士は脚本前の段階からすでに決まっていたということですか？**

茅　当時の刀帳番号順で六振り、ということになっていたと思います。だから最初はにっかり青江もいたんですよね。三条の五振り＋にっかり青江という組み合わせでした。その上でどういう内容にしようかという議論が始まりました。ただ、そうなるとやはり源義経を中心にした話になるだろうということと、初期刀を入れた方がいいという結論になり、最終的に現在の組み合わせになりました。

御　実は加州清光は一番最後に決まったんです。

**――それは意外です。当初の案でも、にっかり青江は現在の加州清光と同じような役割を担っていたのでしょうか。**

御　いえ、全然違いました。そもそも当初のプロットと完成した作品は全く異なるものになりましたから。

茅　最初は三条派が何かすらもわからなかったので、ひたすら原案のゲームをやりこみました。

御　ただ、当初から「これまでの2.5次元作品とは違うものを作るんだ」という空気感はあった気がします。原案ゲームについて知らない部分が多く、最初の戯曲ではこんのすけが解説役として登場していたりしましたね。刀剣男士が各地に散らばっていて、それが集結していくという話でした。

茅　最初の頃は我々の中に「本丸」という概念がなかったんですよね。一番最初は、平安時代に刀剣男士が励起されたところから始まって、刀剣男士の誕生と歴史を描こうとしていました。最初に三日月宗近と小狐丸が出会い、その次に別の刀剣男士に出会い、その次に……みたいな。審神者とは？ 励起とは？ みたいな部分を掘り下げようとしていたよね。刀が肉体を持つとはどういう世界なんだろう、って。だから最初は、刀剣から人間に変わる瞬間をイリュージョンで見せよう、みたいな話までしていましたね（笑）。そもそも審神者をどう描くのかも大きな課題でした。そもそも審神者を登場させるのか、男なのか女なのか、実体はあるのか、色々話し合いましたね。審神者はプレイヤーの数だけ解釈があるので、公式として我々が提示することはしない方がいいんじゃないか、という意見が多かったのですが、個人的には審神者を登場させないのもどうかと思っていたので、実体は出さずに声だけで登場させる、という現在の形に着地しました。それでもファンの方に受け入れられるだろうかという不安はありましたけどね。

御　結果的に、凄く良い構造になったと思います。

茅　いい余白にはなったよね。

御　「阿津賀志山異聞」でよく覚えているのは、その果てにいる敵役を作らないといけないという話になって、その時は藤原秀衡（藤原泰衡の父）をラスボスに据えていたことです。

茅　あと、五条の大橋で、弁慶が大暴れして刀剣男士の皆が逃げ惑うみたいなシーンもあったよね。

御　「刀剣男士は逃げ惑わないのでは」ということでなくなったんですよね（笑）。

茅　刀剣男士の強さもよくわからなくて。対人間で考えたらどうなのかを考えた結果、人間は殺さないことになったので全て峰打ちだったり…

御　だから演出では、刀剣男士たちは、時間遡行軍は切り捨てているんですけど、人間は峰打ちにしている、という設定なんです。でも今考えるとなかなか大変な設定ですね（笑）。

茅　それも「三百年の子守唄」で色々変わったよね。ここまでやっちゃっていいんだ、って。「阿津賀志山異聞」では、これまでの2.5次元ではないものを作ろうと思っても、どうしても気を遣うというか、僕ら側が原案に忖度していた部分はありましたね。

御　今剣の台詞は戯曲ではすべて平仮名で表記されているのですが、これも本来、お客様は気づかない部分ですからね（笑）。そういう細かい部分も含めて気にしていました。二作目の「幕末天狼傳」までは、とにかく原案の世界を理解していく、というスタンスで作っていきました。書いては修正して書いては修正して、を繰り返していきましたが、一番難しかったのはキャラクター同士の関係性ですね。元々出来上がっている関係を描いてもドラマは生まれないので、キャラクターをブレさせずにドラマを生むために、ミリ単位の調整をしていきました。

**――「阿津賀志山異聞」では岩融が新たに本丸にやってきますが、あれもそのドラマを生むための設定ということでしょうか？**

**御**　そうですね。最初から全員が揃っている状態だとドラマは生まれないので。

**――原案のゲームでは源義経など歴史上の人物は具体的には描かれませんが、ミュージカル『刀剣乱舞』では刀剣男士に勝るとも劣らない存在感で描かれています。**

**御**　刀剣の物語を描こうとした場合、その来歴からは逃れられないと思いますし、歴史上の人物を出すという点については当初から迷いはありませんでした。ただ、刀剣男士を演じるのは若手俳優たちで、歴史上の人物を演じるのはよりキャリアのある俳優たちだったので、歴史上の人物に刀剣男士が食われるんじゃないか、みたいな不安はあったと思います。

**茅**　刀剣男士よりも歴史上の人物の方が魅力的に見えるのでは、という点については相当気にしていましたね。「幕末天狼傳」では新撰組が登場しますし、やはりキャラクターとしては強いですからね。キャストのオーディションに関しても、当初はなるべくキャラクターに似ているかどうかを基準にしていた気はします。「三百年の子守唄」からは、それだけではない点も重要視するようにはなっていきましたね。

**御**　歌唱力や演技力が重視されていきました。

**茅**　元の俳優とキャラクターがそこまで似ていなくても、役者の努力やヘアメイクでかなり寄せることが出来ることがわかったので、見た目だけを優先させなくてもいいんだという認識にシリーズを通じて変化していきました。役者たちも場数を踏んでいくと実力をつけていくんですよね。トライアル公演と本公演では全く違った芝居になっていました。人は期待されて場を与えられて自分の志を持っていると、こんなに伸びていくんだなと実感しました。

――海外での反応はいかがでしたか？

**茅** 巴里公演ではアクシデントもありましたので、異様な雰囲気でしたね。僕自身、なんとか幕を上げて下ろそうということに必死だったので、余裕もなく正直何も覚えていませんね。

**御** 僕は本番を鑑賞しただけなんですけど、パリの一件で「カンパニー」が「劇団」になったと思いました。言ってしまえばミュージカル『刀剣乱舞』は、役者もスタッフも寄せ集めの傭兵部隊ではある訳なのですが、そのアクシデントがあった時に、急遽代役をすることになった役者やアンサンブルも含めて、全員で舞台を作る一つの塊になったように感じました。茅野さんはずっと現場にいらっしゃるので、それより以前にその実感があったかもしれないですが、僕は巴里公演の時に「刀ミュというカンパニーが凄いことになっているぞ」と肌で実感しました。僕も元々劇団をやっていた人間なので、劇団という集団創作の力というものをどこかで信じているところがあって、その空気を刀ミュのカンパニーが纏っていたというのが痛快でした。もちろん舞台に出られなかった北園涼は悔しい思いをしたと思いますけど、そのことでカンパニーが一つになれた気はします。そういう意味では、巴里公演は僕の中で一つのピークではありましたね。

**茅** うちはメインキャストはもちろん、アンサンブルまでとても意識が高く、誇りを持って作品を支えてくれているのが大きいですね。

# 上演記録

【公演期間】
パリ　2018年7月15日(日)
ジャポニスム2018公式企画
於パレ・デ・コングレ・ド・パリ 大劇場
東京　2018年8月3日(金)～
8月19日(日)
於日本青年館ホール

【原案】「刀剣乱舞-ONLINE-」より
(DMM GAMES/Nitroplus)
【演出】茅野イサム
【脚本】御笠ノ忠次
【振付・ステージング】本山新之助
【主催】ミュージカル『刀剣乱舞』製作委員会
(ネルケプランニング ニトロプラス
DMM GAMES ユークリッド・エージェンシー)

三日月宗近役　黒羽麻璃央
小狐丸役　北園 涼
石切丸役　崎山つばさ
岩融役　佐伯大地
今剣役　大平峻也
加州清光役　佐藤流司

小狐丸役 代役　岩崎大輔

武蔵坊弁慶役　田中しげ美
源義経役　荒木健太朗
源頼朝役　冨田昌則
藤原泰衡役　加古臨王

大野涼太　西岡寛修　鹿糠友和　鴻巣正季
山口敬太　村上雅貴　南條良輔　河野健太
宮尾 颯
市川裕介　伊達康浩　山井克馬　寒川祥吾
栗原功平　片山浩憲　白濱孝次　佐藤文平

【音楽監督】YOSHIZUMI
【作詞】浅井さやか(One on One)　茅野イサム
御笠ノ忠次　MARKIE(Wee's inc.)
【美術】金井勇一郎(金井大道具)
【殺陣】清水大輔(和太刀)
【照明】林 順之(ASG)
【音響】山本浩一(エス・シー・アライアンス)
【音響効果】青木タクヘイ(ステージオフィス)
【映像】石田 肇　横山 翼
【衣裳】小原敏博
【ヘアメイク】糸川智文
【電飾】小田桐秀一(イルミカ東京)
【小道具】田中正史(アトリエ・カオス)
【歌唱指導】カサノボー晃
【太鼓指導】平沼仁一
加藤拓哉　佐藤晃弘(東京打撃団)
【演出助手】池田泰子
【舞台監督】瀧原寿子　山矢 源
【音楽制作】ユークリッド・エージェンシー
【宣伝美術】江口伸二郎
【宣伝写真】三宅祐介
【協力】一般社団法人日本2.5次元ミュージカル協会
【制作協力】プラグマックス&エンタテインメント
【制作】ネルケプランニング
【プロデューサー】松田 誠　でじたろう

ヤングジャンプ特別編集
戯曲 ミュージカル『刀剣乱舞』
—阿津賀志山異聞—

発行日
2019年7月23日［第1刷発行］

著者
御笠ノ忠次 ©chuji mikasano 2019

原案
「刀剣乱舞-ONLINE-」より（DMM GAMES/Nitroplus）

企画・編集
週刊ヤングジャンプ編集部

編集協力
杉山良 北奈櫻子

監修
ミュージカル『刀剣乱舞』製作委員会

装丁
シマダヒデアキ 末久知佳（L.S.D.）

発行人
田中純

発行所
株式会社集英社
〒101-8050 東京都千代田区一ツ橋2丁目5番10号
電話＝編集部：03-3230-6222
販売部：03-3230-6393（書店専用）
読者係：03-3230-6076

印刷所
図書印刷株式会社

製本
株式会社ブックアート


JASRAC 出 1906682-901 ISBN 978-4-08-780877-3 C0074

この作品はフィクションです。実在の人物・団体・事件などには、いっさい関係ありません。